LE POËTE

AU FOYER,

OU

L'éloge des Grands Hommes du Théâtre de la Nation ; y compris celui de Mirabeau.

SCÈNE LYRIQUE NOUVELLE.

PAR M. DE VALIGNY.

A PARIS,

Chez l'Auteur, rue Sanit-Honoré, N°. 85, près Saint-Roch.

1791.

ACTEUR;

DAMON, *Poëte.*

LE POËTE AU FOYER,

OU

L'éloge des Grands Hommes du Théâtre de la Nation; y compris celui de Mirabeau.

SCÈNE LYRIQUE NOUVELLE.

———————

PREMIÈRE STROPHE.

PREMIÈRE SYMPHONIE.

DAMON, seul, (*comtemplant les Bustes des Grands Hommes.*)

Me voilà donc au milieu des Bustes des Grands Hommes ! Il n'est pas une de ces figures qui ne me fasse une impression...... qui ne me cause une émotion....... de tristesse, ne pouvant atteindre à leur supériorité ; et de plaisir à les admirer, à les contempler. Quel exemple pour ceux qui prétendent aux éloges de la postérité !

DEUXIÈME STROPHE.

DEUXIÈME SYMPHONIE, *(longue.)*

(*A Molière, avec chaleur.*)

Qui s'offre à mes yeux ? Le Divin Molière ! (1) Que dire après lui ? ah ! il a pénétré jusques dans le cœur humain, et nous a représenté au vrai les vices des mortels, malgré leur opiniâtreté à ne pas se reconnoître : étourdis ; pères avares ; misanthropes ; intrigans ; abus de la médecine, de la science ; entichés de la no-

---

(1) Molière, né à Paris en 1620 ; mort à Paris en 1673 ; Auteur des Fourberies de Scapin ; du malade imaginaire ; des femmes savantes ; du bourgeois gentilhomme ; de Georges Dandin et du Tartuffe, comédies.

blesse, et les scélérats masqués sous le voile de la vertu : tous ces tableaux me sont à jamais gravés, et je ne saurois assez les admirer.

TROISIÈME STROPHE.

TROISIÈME SYMPHONIE, (*longue*.)

(*A Pierre Corneille, avec véhémence.*)

Et cette vénérable tête, qui est-elle ? Ah ! c'est le grand Corneille, (1) qu'il est aisé de reconnoître dans ces traits la fermeté du vieil Horace, et la clémence d'Auguste : tous ces ouvrages sont beaux comme le Cid ; et les héros y sont peints d'une manière noble, éclatante, capable de produire le plus grand effet. O vieillard respectable ! recevez mon hommage ; car l'on doit convenir que vos paroles sont plus brillantes que le diamant.

___

(1) Pierre Corneille, né à Rouen, le 6 juin 1600 ; mort à Paris, le premier octobre 1684 ; auteur de Cinna, tragédie.

QUATRIÈME STROPHE.

QUATRIÈME SYMPHONIE, *(courte.)*

(*A Racine, avec enthousiasme.*)

Que vois-je? Racine (1) rêvant profondément et cherchant une rime...... Je ne puis vous aider, mon cher maître, la chose est décidée. Quelle douceur, quelle bonté, quelle sensibilité, quelle belle ame ! Il me semble voir le courage d'Achiles, l'amour passionné d'une mère pour son beau-fils, Britannicus épié par Néron, Mithridate allant aux armées, et ne se reposant jamais, et la sainteté d'un Grand-Prêtre. Voilà ce que j'admire, et que ce buste me rappellera sans cesse..... Vous êtes mort ! non, vous ne l'êtes pas ; non, vous ne mourrez jamais ; non, vous serez immortel.

---

(2) Racine, né à la Ferté-Milon, en 1639 ; mort à Paris, en 1699 ; auteur d'Iphigénie en Aulide, de Phèdre et Hypolite, et d'Athalie, tragédies.

CINQUIÈME STROPHE.

CINQUIÈME SYMPHONIE, (*longue.*)

(*A Regnard*, (1) *avec finesse.*)

Et vous qui me regardez d'un œil fin, croyez-vous que je ne sois point amateur de vos œuvres ? ah ! combien de fois ne m'avez-vous pas fait rire ? mais je ne joue jamais, et ne suis pas distrait. Je ne puis vous passer d'oublier jusqu'à votre femme. Vous amusez, vous intéressez même. Que vous avez d'esprit ! Ah! vous avez voulu faire pièce à Molière ! Ses succès vous ont enhardi ; et vous n'avez pas laissé, comme lui, de mériter l'admiration du public.

SIXIÈME STROPHE.

SIXIÈME SYMPHONIE, (*courte.*)

(*A Destouches, avec étonnement.*)

Quelle est cette Perruque longue, cette figure refrognée qui paroît silencieuse ? Il me semble la

____

(1) Regnard, né en 1647 ; mort en 1709 ; auteur du Joueur et du distrait, comédies.

voir rougir. Quoi ! un marbre rougir ! quelle folie ! pour le coup je suis dans le délire. C'est Destouches, (1) ce philosophe honteux du mariage, qui souffroit que l'on parlât d'amour à sa femme. Quelle expression ! quel regard majestueux ! tout m'annonce un homme qui se croit au-dessus des autres. Ah ! que ne puis-je chanter votre gloire !

SEPTIÈME STROPHE.

SEPTIÈME SYMPHONIE, (*longue.*)

(*A Crébillon, avec tristesse.*) (2)

Célèbre auteur, qui n'avez traité que des objets tristes, lugubres, qui n'aimiez que le sang,

-----

(1) Destouches, né à Tours, en 1680 ; mort à Paris, en 1754 ; auteur du Philosophe marié et du Glorieux.

(2) Crébillon, né à Dijon, en 1674 ; mort à Paris, en 1762 ; il fut nommé censeur.

ah ! que de peines, de tourmens, n'avez-vous
pas ressentis ? les amis vous ont flattés, vous
vous en êtes défié : les ennemis, vous les bravez
même après votre mort. Vos sujets ont servi
de matière à en éclairer d'autres. Une cons-
tance dans le travail, vous a acqui, autant qu'à
vos adversaires, la qualité honorable d'homme
de lettres, et qui a été confirmée par le sceau de
de la Nation.

HUITIÈME STROPHE.

HUITIÈME SYMPHONIE, (longue.)

(A Voltaire, avec un grand étonnement.)

Et toi sublime esprit, éloquent et profond,
je suis anéanti, immobile, saisi d'admiration,
en me rappellant tes idées énergiques. Voltaire !
(1) c'est bien, à juste titre que Melpomène t'a

(1) Voltaire, né à Paris, en 1694 ; mort à Paris, en
1778 ; il y a été couronné par Brisard, et Madame Ve,

posé la couronne : tu m'as gonflé d'amour-propre ; tu m'as étonné ; tu m'as ravi. Ah ! quelle délicatesse dans le style ! quelle noblesse dans l'expression ! quelle malignité dans la pensée ! tu as été universel : tu as fait plus que tous les autres ; tu les as surpassés ; tu as prédi les révolutions. Te serois-tu douté, qu'un jour, un char conduit par le peuple, ramèneroit tes cendres ensevelies dans l'ombre, au Temple de mémoire : tu as enrichi notre siècle. Eh ! que seroit-il sans toi ? Est-il un seul homme capable de t'approcher ? Non, de tels génies ne se trouvent pas : je le dis avec douleur. Tu peignois les Grands Hommes, et le Kain (2) les rendoit

---

tris, actrice du Théâtre de la Nation, à une réprésentation d'Yrene, la dernière de ses pièces, qu'il a composée à 83 ans, à laquelle il assistoit.

(2) Le Kain, né..... mort à Paris, en 1778, reçu à la Comédie en 1751. Le jour de son début au Théâtre de la Nation, Voltaire est parti de Paris pour Genêve, et le jour de son retour à Paris, la mort s'est emparée de ce fameux acteur, à qui Voltaire doit son succès : de

avec une vérité, une telle véhémence, une telle satisfaction, que le public admiroit tout-à-la-fois l'acteur et l'auteur.

NEUVIÈME STROPHE.

NEUVIÈME SYMPHONIE, (longue.)

(*A Mirabeau, avec fermeté.*)

Citoyen actif, le soutien de la France, le plus grand des héros, brave soldat, fameux négociant, bon patriote, génie rare et sublime, homme au-dessus des préjugés de noblesse, d'orgueuil, d'insolence, d'impertinence ami de l'humanité; de l'égalité, démocrate au milieu de l'aristocratie, ennemi des grandeurs, Mirabeau! (1) que de

---

sorte que ce dernier n'a jamais eu l'avantage de le voir représenter à Paris.

(1) Riquetti Mirabeau, l'aîné, né . . . . mort à Paris en 1791, chaussée d'Antin, qui porte son nom, conduit à Sainte - Géneviève, où Voltaire a été transporté quelque tems après.

larmes nous versons sur ta tombe ! La Nation est toute en pleurs : triste souvenir ! moment désastreux ! événement funeste ! coup de foudre inattendu, capable de faire triompher nos ennemis ! mais ton nom seul leur en impose : ils tremblent : et nos armes soutiendront ta mémoire.

DIXIÈME STROPHE.

DIXIÈME SYMPHONIE, (*longue.*)

(*A lui-même, avec réflexion et ironie.*)

J'ai la singulière prétention de devenir un philosophe, un poëte. Qui ? moi ? je pourrois me flatter d'être ici ? dans ce foyer ? dépend-il de nous de composer et d'enrichir la scène de morceaux sublimes, faits pour captiver l'esprit du public ? Rendons-nous justice et renonçons au travail.

ONZIÈME STROPHE.

ONZIÈME SYMPHONIE, (*courte.*)

(*Avec précipitation.*)

Renoncer au travail ! à ce qui me fait passer les plus doux momens de ma vie ! ne plus m'occuper ! plutôt périr ! que ce soit une chose foible et sans ame, que cela soit bon ou mauvais, que ce soit un ouvrage infructueux, je composerai, j'écrirai, et je mettrai au jour toutes mes idées : peut-être trouverai-je une pensée qui plaira, amusera, intéressera, et forcera le public à revenir dans nos foyers. Ah ! si je pouvois avoir ses applaudissemens une fois, un jour, un seul instant, mes vues seroient remplies, et je serois consolé.

DOUZIÈME STROPHE.

DOUZIÈME SYMPHONIE, (*longue.*)

(*A Piron, en regardant Destouches avec ten-*
dresse.)

Destouches rougissoit de prendre femme, et
Piron (1) les aimoit. Quelle gaieté ! que de sail-
lies ! de bons mots ! et quelle force inexprima-
ble dans son Gustave ! son Métromane ! Piron se
délassoit auprès de quelques belles. Sexe char-
mant, chef-d'œuvre de la nature, que d'idées
vous faites naître ! que d'occasions pour un poëte !
que de vers délicieux ! Mon seul vœu, que j'a-
dresse à Thalie, c'est de m'en choisir une. Oui,
Déesse ! vous me rendrez le plus heureux des
hommes, et la félicité dont vous me comblerez
donnera un nouvel essort à mon génie.

____

(1) Piron, né à Dijon, le 9 juillet 1686 ; mort à
Paris, le 21 janvier 1783 , enterré à Saint-Roch,

TREIZIÈME STROPHE.

TREIZIÈME SYMPHONIE, (*courte et agréable.*)

(*Au public.*)

I

Honorez-moi de votre indulgence; et si cet ouvrage n'a pu vous plaire, pardonnez à l'auteur, en faveur des Grands Hommes.

9 782329 070391